AF357800

VENTE

POUR CAUSE DE DÉPART

DE LA COLLECTION

DE

M. A. DELORIÈRE.

CURIOSITÉS, IVOIRES, BRONZES, BIJOUX ANCIENS,
TABLEAUX, ETC., ETC.

EXPOSITION PUBLIQUE

*le dimanche 30 mars, de midi à trois heures
et les jours suivants, de midi à deux heures.*

La Vente aura lieu **LUNDI 31 MARS ET JOURS SUIVANTS, A 6 HEURES
DU SOIR,** par le ministère de M. SIMONNET, Commissaire-
Priseur, dans le domicile de M. A. DELORIÈRE, 29, rue
Royale.

LE CATALOGUE SE DISTRIBUE :

Au Bureau des Commissaires-Priseurs | Et rue Royale, 29, chez le Concierge.

LYON

IMPRIMERIE D'AIMÉ VINGTRINIER

rue Belle-Cordière, 14

EXTRAIT DU CATALOGUE

DE LA

COLLECTION

DE

M. A. DELORIÈRE.

EXTRAIT DU CATALOGUE

DES

OBJETS D'ART ET TABLEAUX

COMPOSANT

LA COLLECTION

DE

M. A. DELORIÈRE.

VENTE LE 31 MARS 1862,

à six heures du soir, et jours suivants.

LYON

IMPRIMERIE D'AIME VINGTRINIER

Rue Belle-Cordière, 14.

—

1862

NOTICE.

—

Une note insérée dans les journaux de Lyon annonçait, sans en préciser la date, qu'une vente importante de Tableaux, de Curiosités et d'Objets d'art aurait lieu à Lyon vers la fin de janvier. C'est de cette vente, qui n'a pu, par suite de circonstances imprévues, s'effectuer à la date indiquée, et qui est définitivement fixée au 31 mars courant, que nous venons dire quelques mots.

Les ventes de tableaux et d'objets d'art ne sont pas rares, mais combien sont au-dessous de l'intérêt dont semblent vouloir les entourer les pompeuses indications des catalogues ! Sous prétexte d'une vente d'objets d'art appartenant à la succession d'un *amateur distingué*, on réunit, ordinairement, des groupes de *bibelots* qui ne tardent pas à être appréciés à leur juste valeur par les véritables connaisseurs. Ou bien encore, on rassemble un certain nombre de tableaux, venus de tous côtés, achetés à bas prix, pour être revendus le plus cher possible et dont le plus souvent l'acquéreur, qui s'aperçoit trop tard qu'il s'est trompé, cherche à se débarrasser à tout prix. Dans ces collections, il y a ordinairement peu de choses bonnes : parmi beaucoup d'ivraie il ne se trouve que peu de bon grain.

La Vente que nous annonçons ne saurait être comparée à ces dernières. S'il en était ainsi, ce ne serait vraiment pas la peine de déranger les acheteurs sérieux.

C'est donc une occasion, sinon unique, du moins très-rare qui s'offre aux collectionneurs émérites, que cette réunion de belles choses qui se distingue surtout par son choix délicat, scrupuleux et entendu, et par sa grande variété.

Au premier coup d'œil, on reconnaît que cette collection d'Objets d'art est le résultat des recherches d'un homme éclairé; il y a là des choses uniques, qui ne se retrouveront pas. Bien certainement, les amateurs ne laisseront pas échapper une circonstance aussi heureuse pour augmenter les richesses de leurs collections.

En effet, de même que le savant, l'archéologue, l'antiquaire, infatigables chercheurs, entreprennent des excursions lointaines, des travaux pénibles, creusent le sol avec ardeur pour y découvrir en récompense de leurs longues recherches, sous la terre entassée, au milieu de débris informes, les œuvres perdues des siècles passés échappées à la destruction; de même le collectionneur, entraîné par un goût éclairé pour l'art, passe sa vie à fouiller parmi des objets sans valeur, au milieu d'un chaos de choses vulgaires pour tirer de la poussière, un chef-d'œuvre — pour lui un trésor — que sa persévérance et son goût intelligent lui auront fait découvrir.

C'est ainsi que se forment les belles collections ; elles ne peuvent être créées que par des hommes animés du feu sacré, passionnés pour tout ce qui touche à l'art, qui ne font leur choix qu'après un examen attentif et pour lesquels toutes les raretés curieuses tombées entre leurs mains deviennent l'objet d'un culte.

Donc, nous le répétons, c'est une de ces collections laborieusement et chèrement acquises que son possesseur offre aujourd'hui aux amateurs, auxquels le mérite des nombreuses pièces qui l'enrichissent ne saurait échapper. Tous les objets qu'elle renferme ne sont pas, sans doute, également précieux, mais sur les 4 ou 500 numéros, environ dont elle se compose, un grand nombre sont tout à fait dignes de fixer l'attention. Tous ces numéros

n'ont pas été réunis dans un catalogue livré au
public, le temps ayant manqué pour son exécution ; mais on trouvera, à la suite de cette Notice
un Extrait qui suffira pour qu'on puisse se faire
une idée de la richesse de cette Collection et des
objets rares qui en font partie.

Les Ivoires peuvent être classés en première
ligne, ainsi que les pièces de Bijouterie ancienne,
composées d'une multitude d'objets rares dont on
trouvera plus loin une énumération sommaire.

Les amateurs s'arrêteront devant une collection
de douze Plaques d'ivoire sculpté, d'un grand
mérite, représentant des sujets religieux.

Parmi les Tableaux, on remarquera deux Toiles
de Franck, deux Intérieurs de Charpentier, des
Paysages de Hockeker, deux petits Tableaux sur

bois, de Gérard Dow et surtout Deux Buveurs,
très-belle composition (signée), de David Téniers.

Nous ne doutons pas que les amateurs n'appré-
cient cette Collection comme elle mérite de l'être.

APERÇU

DES

OBJETS LES PLUS REMARQUABLES

DE CETTE RICHE COLLECTION.

PARMI LES OBJETS D'ART :

Deux très-belles Croix en cristal de roche, l'une suppor-
tant un Christ en vermeil.

Trente à quarante pièces en ivoire telles que Diptyques,
Triptyques, Vases, Plaques, Vierges, Christs, Portraits,
Boîtes, etc., etc. Tous ces objets en parfait état de
conservation.

Trente à trente-cinq Poignards, Pistolets, Dagues, Epées,
Éperons, Fibules, Custodes, Serrures, Coffrets, Cas-
settes, Bénitiers et Chandeliers de diverses époques.
Parmi ces pièces, plusieurs sont très-rares et très-
anciennes ; beaucoup sont incrustées d'argent et richement ciselées.

Trente à quarante Miniatures de diverses époques, dans leurs cadres.

Vingt-cinq à trente pièces de Bijouterie ancienne : Bagues, Camées, Broches, Châtelaines, Épingles, Colliers, Reliquaires d'argent, etc., etc.

Trente Bronzes anciens et modernes sur leur piédestaux. Plusieurs sont très-remarquables.

Quelques magnifiques Verreries de Venise et Porcelaines anciennes.

Quatre petits Emaux, sur plaque d'argent, parfaitement conservés.

Une belle Bague en or avec un mouvement de montre dans le chaton.

Une petite Croix grecque, en bois, très-finement sculptée.

Une Dague avec poignée incrustée d'argent, époque Henri II.

Un Reliquaire filigrané d'argent, avec chaîne et fermoir, époque Louis XIII.

Une paire d'Éperons, en fer forgé, repercé à jour et gravé, époque Louis XIV.

La Leçon d'Astronomie, repoussé argent, époque Louis XIII.

Un fort beau Verre de Bohême gravé, avec blason.

Une Burette en verre de Venise, avec émail sur la panse.

Une assez grande quantité de Cadres en bois, richement sculptés.

Un grand nombre, enfin, d'Objets curieux et rares.

———

PARMI LES TABLEAUX :

Deux Tableaux capitaux, par FRANCK.

Deux beaux Paysages. GRIFFIER.

Deux très-beaux Intérieurs. CHARPENTIER.

Une Vue de Hollande. BERRAITA.

Paysage avec animaux. BERGHEM.

Un Paysage. BERTIN.

Portrait d'homme. RIGAULT.

Quatre superbes Portraits : un VANLOO, un MIGNARD, un LEBRUN, un LÉPICIER.

Un Intérieur. MALLET.

Le Jeu d'Échecs. ZORG.

Un fort joli Intérieur. PLATZER.

Deux magnifiques Paysages dans la manière de Wouvermans. HOCKEKER.

Deux Buveurs, excellente composition (signée). DAVID TÉNIERS.

Un Combat d'Oiseaux. HUET.

Effet de Neige. VERMEULEN.

Une Vierge et l'Enfant Jésus, fort belle copie ancienne de Raphaël.

Portrait de Briffaut, de la Comédie-Française. ACCARD.

Deux Paysages. PAUL BRILL.

Collation dans un Bois (Paysage), très-belle et grande composition. LANCRET.

Un superbe Portrait de l'abbé de Riancey, fondateur de la Trappe. (École espagnole.)

Deux petits Tableaux sur bois. GÉRARD DOW.

La Bouquetière. MAINVIEL.

Un Paysage. VANDERBURG.

Une Tête de Femme, très-belle copie de Greuze.

Un beau Paysage. ANGEL.

Paysage et Animaux. PHILIPPE HAKERT.

Nature Morte. DULAURE.

La Réception d'un Moine, joli petit tableau de l'École espagnole.

L'Éducation de la Vierge, grande et belle composition qui, par la fermeté de son exécution, rappelle le faire de MURILLO.

Henri IV et Gabrielle d'Estrées. DESTOUCHES.

Une Tête de jeune Fille, École de Greuze.

Une Kermesse hollandaise, genre Téniers.

Un Intérieur d'Eglise, magnifique gouache. PASSETY.

Un petit tableau ovale, attribué à WATTEAU.

Ces Tableaux, et une quantité d'autres qu'il serait trop long d'énumérer, sont pour la plupart signés. Ils sont richement encadrés; beaucoup des cadres sont en bois sculpté, avec très-belle dorure.

www.ingramcontent.com/pod-product-compliance
Lightning Source LLC
LaVergne TN
LVHW021905180726
843502LV00008B/2899